Aïninak

Illustration de couverture :
Marc Mosnier

Jean-Marie Defossez

Aïninak

BAYARD JEUNESSE

À mon épouse.

« *L'immensité du Grand Nord n'est rien en un lieu de solitude et de désolation. C'est une porte pour qui veut y rencontrer son âme* ».

Jean Melcart

© Bayard Jeunesse, 2003
3, rue Bayard, 75008 Paris
ISBN : 2 7470 0682-4
Dépôt légal : octobre 2003

Loi 49 956 du 16 juillet 1949 sur les publications destinées à la jeunesse
Reproduction, même partielle, interdite

Chapitre 1 : Le rêve

Il était à peine six heures du matin. Le sommeil ne voulait plus de moi. Pourtant, je serais bien restée au lit. Nous étions début mars. Il devait faire dans les moins trente-cinq dehors et j'entendais des rafales de vent siffler entre les planches disjointes de la cabane.

Il ne faisait guère plus chaud à l'intérieur. Par économie, le poêle à charbon était resté éteint toute la nuit. Le papier journal qui tapissait les murs et les carreaux de plastique de l'unique fenêtre, n'empêchaient pas le froid d'envahir cet espace où nous vivions depuis toujours, mes parents et moi.

Sans bruit, je me suis glissée hors du lit familial pour enfiler mes kamiks[1], ma parka et mes moufles. J'ai ajusté mon capuchon, ouvert la porte de l'étroit couloir qui sert de sas et je suis sortie.

---

1. Bottes à doubles parois en peau et fourrure utilisées par les Esquimaux.

Frissonnante et pensive, encore enveloppée par les rêves de la nuit, je me suis mise à marcher. La neige gelée crissait sous mes pas. Aucune lueur ne filtrait des trois autres cabanes : tout le monde dormait encore à Savigsivik[1], mon village natal.

Poussée par les tourbillons de vent, je suis descendue jusqu'au rivage. Très loin à l'est, une lumière jaune orangé, diffuse, perçait la brume, donnant à l'horizon un aspect ouaté et magique. Quelques minutes se sont écoulées, lentement. Le soleil a fait soudain son apparition et la banquise tout entière s'est illuminée sous mes yeux. Le mélange des couleurs rouges, bleues et roses était si beau, si pur… J'avais l'impression de m'être rendormie et de plonger dans un rêve, dans mon rêve : celui d'avoir, comme mon père, des chiens, un fusil, un traîneau et de partir chaque jour aux confins de la banquise pour chasser le phoque, le morse et l'ours blanc.

Une fois de plus, et sans savoir pourquoi, je me sentais irrésistiblement attirée vers cette immensité glacée. Était-ce pour avoir contemplé ses décors scintillant à la lumière de la lune et des étoiles, lors des longues nuits d'hiver ? Était-ce pour avoir baigné

---

1. Situé sur un îlot de la côte ouest du Groenland.

dans l'étourdissant silence de certaines journées d'été ?

Entre la banquise et moi, c'était comme une histoire d'amour. Je la percevais, profonde, généreuse, envoûtante… Tout en elle me fascinait, comme si j'avais à découvrir, là-bas, très loin, un fabuleux secret. Comme si cette portion de mer gelée était tout à la fois une part de moi-même et un être vivant.

Longtemps, je suis restée immobile à contempler la naissance du jour. Puis, d'un coup, j'ai couru à la cabane.

J'étais restée plus d'une heure dehors. Ma mère était seule, mon père venait de sortir. Malgré son plâtre au bras droit, elle était en train de remplir la lampe à pétrole, comme d'habitude, sans renverser la moindre goutte. Je lui ai dit bonjour et me suis décidée à lui parler.

– Maman ? Hier j'ai entendu les chasseurs parler d'une longue expédition qu'ils feraient ensemble la semaine prochaine, si le temps le permet. J'ai bien réfléchi : je voudrais les accompagner.

Une auréole de pétrole est apparue sur le plancher. Ma mère s'est redressée, le visage tendu.

– C'est la faute de ce fichu plâtre, a-t-elle bredouillé.

J'ai étalé du papier journal sur le sol pour absorber le liquide odorant. Ma mère m'a tourné le dos et a commencé à arranger les couvertures du lit.

— Maman ? Tu as entendu ce que je disais ?

Elle s'est arrêtée, s'est retournée lentement et m'a regardée en soupirant. Ses yeux fuyaient les miens.

— Écoute, Aïninak. Ils partent pour plus d'une semaine. Crois-tu vraiment que les chasseurs vont s'encombrer de toi ?

Ma mère était d'habitude beaucoup plus directe : c'était oui, ou c'était non. Intriguée par son comportement, je suis restée silencieuse. Elle a continué d'une voix troublée :

— Ils vont chasser l'ours, Aïninak. L'animal le plus redoutable qui soit ! Tu connais le dicton : « Plus fort que douze hommes, plus rusé que onze ! »

Mais j'avais la parade à pareil argument.

— Et Masauna alors ? ai-je répliqué. Pourquoi a-t-il le droit de les accompagner ? Il a seize ans comme moi, et je suis plus forte que lui.

Ma mère a semblé encore plus embarrassée :

— Ce n'est pas une question d'âge ou de force.

— Quoi alors ? ai-je demandé en sentant la révolte monter en moi. C'est parce que je suis une fille ? C'est ça ? J'ai juste le droit de passer mes journées à tanner les peaux et à coudre des habits ?

— Pourquoi te fâches-tu ? a murmuré ma mère. Ce

sont nos coutumes. Plus tard, si tu épouses un chasseur, s'il le veut bien, tu l'accompagneras à la chasse. En attendant, ta place est ici.

Les joues en feu, j'ai crié :

— Eh bien, moi, je refuse ! Je deviendrai chasseur ! Comme mon père !

Furieuse, je suis ressortie de la cabane. C'était la première fois que je me disputais si violemment avec ma mère. Je savais pourtant que, sans son accord, jamais mon père n'accepterait de m'emmener avec lui. Dans ma tête, je ressassais le même mot : « Injuste ! Injuste ! Injuste ! »

J'en avais les larmes aux yeux. J'aurais donné n'importe quoi pour partir avec les chasseurs.

J'ai marché pour m'éloigner un peu du village et tâcher de me calmer. Pendant plusieurs minutes, j'ai laissé le vent glacial me mordre les joues. Puis, sans que je m'y attende, quelqu'un est venu par-derrière et m'a enserré la taille. J'ai sursauté.

— Masauna ! ai-je crié, fâchée, en m'essuyant les yeux. Ce n'est vraiment pas le moment. Je n'ai pas envie de rigoler.

— Qu'est-ce qui t'arrive ?

J'ai hésité à me confier. Depuis toujours, Masauna était mon ami ; mais qu'allait-il dire ?

– C'est ma mère. Elle refuse que j'accompagne les chasseurs… parce que je suis une fille.

– Pfff! a fait Masauna. Si tu es une fille, tu es une fille! Que veux-tu y faire? Personne ne peut te changer en garçon!

– Ce n'est pas la question. Je suis heureuse d'être qui je suis.

Masauna m'a alors regardée avec ses fins yeux marron et m'a dit en souriant:

– C'est vrai que, si tu étais un garçon, je te trouverais moins jolie.

Je n'ai pas réussi à lui sourire, mais j'ai senti que mon cœur devenait tout bizarre, comme s'il frémissait. Les larmes ont cessé de couler de mes yeux.

– Masauna? Si un jour, toi et moi… enfin… si un jour on se marie, tu m'emmèneras chasser avec toi?

– Si un jour tu es ma femme, a-t-il répondu en se redressant fièrement, je te laisserai même conduire le traîneau et tirer au fusil, comme le faisait ma mère.

J'ai souri. Les yeux de Masauna ont brillé de plaisir.

– Alors, ai-je dit, va chercher le traîneau que tu as fait au collège[1] et emmène-moi sur la banquise.

---

1. Quand ils ont entre 12 et 16 ans, les jeunes vont en pension au collège de Qânâq, seule « ville » de la région (600 habitants).

– Il est dans l'atelier de mon père. Viens m'aider à le sortir.

L'atelier était un minuscule réduit accolé à la cabane paternelle. À grand-peine, nous nous sommes faufilés au milieu des outils et des pièces de bois servant à confectionner ou réparer les traîneaux et les kayaks.

– Tu prends l'avant, je prends l'arrière, a dit Masauna, et on le sort.

Le traîneau de Masauna avait fière allure. De petite taille, il ne permettrait jamais de transporter d'importantes quantités de viande, comme ceux des chasseurs ; mais deux personnes pouvaient sans problème y prendre place.

Pendant que j'admirais la découpe des pièces de bois, Masauna est allé chercher un petit marteau.

– Tu es impatiente de partir, a-t-il dit, mais si je ne vérifie pas les cordages qui fixent les planches du traîneau, nous n'irons pas loin.

Je me suis approchée pour bien voir. Masauna enfonçait de petits coins de bois là où il le jugeait nécessaire.

– Aujourd'hui, les cordes sont en nylon, mais autrefois c'étaient de simples lanières de cuir. Mon grand-père m'a raconté qu'une nuit ses chiens affamés les avaient mangées pendant son sommeil. À son réveil, le traîneau n'était plus qu'un tas de planches.

– Qu'est-ce qu'il a fait?

– Il est parti à pied chasser le phoque. Il l'a ramené en le tirant lui-même sur la glace. Avec la viande, il a nourri les chiens et, avec le cuir, il a réparé son traîneau.

Les vérifications de Masauna ont duré dix bonnes minutes. Je mourais d'impatience.

– Bon, a-t-il dit enfin, maintenant, je dois prévenir mon père et prendre du foie de phoque et des biscuits pour la route. Pendant ce temps, installe les traits[1] pour les chiens.

Masauna est revenu avec un petit sac de provisions et un long étui en cuir.

– Impeccable! Papa accepte que je prenne mon fusil et cinq chiens. Tu vas m'aider à leur passer le harnais.

Nous avons aussi chargé deux couvertures et quelques outils indispensables pour réparer le traîneau au cas où. Masauna a ensuite enfilé de petites bottes aux pieds des chiens. Cela leur éviterait de s'entailler les pattes sur les arêtes de glace. Seules deux griffes dépassaient du tissu pour assurer une bonne prise.

---

1. Cordes reliant chaque chien au traîneau.

— Voilà! a dit Masauna. Tu peux monter.

— Je croyais que tu me laisserais conduire?

— On n'est pas encore mariés, a-t-il dit en riant, et puis…

— Et puis? ai-je répété en me doutant de ce qui allait suivre.

— C'est-à-dire…

— Tu ne veux pas qu'on te voie sortir du village assis sur un traîneau conduit par une fille.

— Oui, a avoué Masauna.

— Alors, éloignons-nous.

Je me suis assise sur le traîneau. Masauna a crié en faisant claquer son fouet.

— Oye! Oye!

Les cinq chiens ont bondi. Le traîneau s'est mis à glisser.

Au fur et à mesure que nous laissions le village derrière nous, j'avais l'impression de m'évader. Le vent avait chassé la brume. Le ciel était d'une pureté éclatante. Devant nous, la banquise s'étendait à perte de vue. Les cristaux de neige scintillaient au soleil comme autant de minuscules bijoux. Seule une brume très lointaine s'élevait au-dessus de l'horizon, marquant la limite des glaces.

— Près des côtes, à cette époque de l'année, a commencé Masauna, la banquise atteint plus de deux mètres d'épaisseur. Il n'y a aucun risque de passer à travers la glace. Par contre, quand on tue un phoque, on est obligé d'élargir le trou où il vient respirer, sinon il est impossible de le sortir. Même avec une bonne scie et une hache, c'est épuisant et ça prend des heures. Alors, pour apprendre à chasser, il vaut mieux attendre.

Il a brusquement stoppé l'attelage et ajouté :

— À toi de conduire, maintenant.

J'avais si souvent vu faire mon père et je m'étais tellement entraînée depuis toute petite à manier le fouet que les chiens ont obéi du premier coup. Masauna n'en revenait pas.

— Dis donc ! On dirait que tu as fait ça toute ta vie ! Ma grand-mère y verrait un signe !

— Je crois surtout que les chiens sont ravis de se dégourdir les pattes. Ça fait bien dix jours qu'ils n'ont pas quitté le village !

Jusque-là, Masauna avait fait route vers le nord-ouest pour ne pas s'éloigner de la côte. En lui faisant un clin d'œil, j'ai lancé le traîneau plein sud, droit vers l'horizon, droit vers la brume. J'ai bien vu que ça l'embêtait un peu, mais il m'a laissée faire. Je l'ai remercié par un large sourire.

J'ai conduit le traîneau pendant des heures. Je le

faisais se faufiler entre les arêtes de glace qui se forment lors des tempêtes, quand la mer déchaînée parvient à briser la banquise. Tout en progressant, Masauna et moi mangions des morceaux de foie de phoque et des biscuits. Je ne sentais ni le froid ni la fatigue. Au contraire, plus j'avançais, plus mon cœur devenait brûlant. J'avais l'impression de vivre mon rêve et je sentais quelque chose grandir, s'épanouir en moi.

J'ai arrêté le traîneau.

– Il y a un problème ? a demandé Masauna.

– Regarde ! Regarde comme tout est beau !

Au lieu de se coucher selon leur habitude, les chiens se sont simplement assis, haletants, comme pour mieux profiter du spectacle. Masauna a lentement parcouru l'horizon en hochant la tête. Le vent était tombé, atténuant l'impression de froid. La banquise étincelait sous un ciel aux bleus infinis. De lointains cirrus[1] ressemblaient à des traces laissées par quelques créatures fantastiques. Un énorme iceberg piégé par la banquise luisait sous le soleil.

– Au collège, ai-je murmuré, une de mes amies disait détester la neige. Elle me montrait sans cesse

---

1. Nuages d'altitude, fins et très allongés.

des photos du reste du monde, avec de la chaleur et de la verdure partout. Elle, son rêve est d'aller vivre au Danemark, ou encore plus au sud. Moi, toute cette glace m'attire. C'est comme si j'entendais un appel en moi… J'en suis sûre, ma vie est ici.

— Un soir, a répondu Masauna, ma grand-mère Amaunalik m'a raconté l'histoire d'un chasseur. Lui aussi prétendait entendre un appel. Chaque hiver, il partait plus loin, toujours plus loin sur la banquise. Un jour, il n'est pas revenu. Tout le monde a dit qu'il était mort. Sauf grand-mère. Pour elle, ce chasseur était toujours en vie et, s'il ne revenait plus, c'est simplement parce que, là-bas, très loin, il avait enfin trouvé ce qu'il cherchait.

— Et toi ? Que penses-tu de cette histoire ?

— Simplement que, même si tu entends des voix, et même si un jour tu trouves ce que tu cherches, je ne veux pas te perdre.

— Ce ne sont pas des voix. C'est beaucoup plus secret, plus fort…

Masauna m'a regardée :

— Et là, par exemple, tu voudrais faire quoi ?

J'ai laissé mon regard se noyer dans l'horizon. Comme s'il me parlait de très loin, j'ai à peine entendu mon ami qui murmurait :

– On dirait qu'il y a une lueur dans tes yeux !

– C'est parce que je suis heureuse d'être ici, ai-je répondu sans détourner le regard.

– Heureuse d'être avec moi ?

– Oui, heureuse d'être ici, avec toi.

De longues minutes se sont écoulées, magiques, inoubliables. Puis j'ai demandé :

– Masauna ?

– Oui ?

– Je sais qu'il vaudrait mieux faire demi-tour, mais…

– Mais ?…

– Je voudrais… enfin, je sens… Comment dire ? Il faut, oui, il faut qu'on continue. Il nous faut dépasser cet iceberg.

– Continuer ? Mais pour aller où ?

– Fais-moi confiance. Il ne nous arrivera rien.

– Tu veux rire ? Il nous reste une heure. Après, si on ne rebrousse pas chemin, il nous sera impossible de rentrer au village avant la nuit.

– Alors, on continue juste une heure, et puis on file droit sur le village.

Masauna a hésité :

– Ça va faire juste. Si on a le moindre problème en route…

– Tout ira bien, tu verras.

Mon ami a soupiré. Je lui ai souri. Les chiens se sont relevés d'eux-mêmes et se sont remis à tirer.

Chapitre 2 : Le fœhn

Pendant plus d'une heure, nous avons encore progressé en direction du sud, toujours plus loin sur la banquise, toujours plus près de la mer libre.

– Cette fois, a décrété Masauna, il est temps de rentrer. J'ai un peu froid, tu me laisses conduire ?

Masauna a pris ma place à l'arrière du traîneau et, d'un claquement de fouet, a fait faire demi-tour à l'attelage. Le ciel derrière nous avait changé.

– Je n'aime pas ces nuages, a-t-il dit. Ils sont apparus trop vite. Ça n'annonce rien de bon.

– Tu crois qu'il va y avoir une tempête ?

– Nous sommes en mars, j'ai peur que ce soit pire.

– Tu veux parler du fœhn[1] ? Mais c'est trop tôt !

– On n'a pas le droit à l'erreur. Si c'est lui, on

---

1. Au Groenland, le fœhn est un vent de printemps soufflant en moyenne une fois par an. Il est d'une violence exceptionnelle.

n'aura pas le temps de rentrer. Il faut se trouver immédiatement un abri.

Quelques secondes encore, nous avons scruté le ciel. Sa teinte épaisse et gris sombre, son aspect tavelé le rendaient suspect et menaçant.

— Ce qui m'embête, a dit Masauna, c'est que je n'ai emporté aucune toile de tente.

— L'iceberg ! me suis-je écriée. Tu te rappelles, le gros iceberg de tout à l'heure. Il faut se dépêcher de retourner jusque-là ! Nous pourrons nous y abriter !

Cela nous obligeait à foncer droit vers la tempête, mais nous n'avions pas d'autre solution. Sans plus hésiter, Masauna a fait claquer son fouet. Les chiens sont partis à toute allure.

Le ciel s'assombrissait de minute en minute. Très vite, les premières rafales d'un vent mordant ont sifflé à nos oreilles. L'air s'est chargé de neige et de cristaux de glace gelant le visage, glaçant les narines, brûlant le coin des yeux et, pire que tout, réduisant la visibilité.

Effrayés par la soudaineté de cette tempête, nous avons vu la lointaine silhouette de l'iceberg s'évanouir derrière un rideau de neige. Le piège se refermait sur nous. Pour nous diriger, il ne restait plus à

Masauna que son instinct et l'orientation de notre pire ennemi : le vent.

Blottie sous les deux couvertures, gelée jusqu'aux os, j'ai cru que nous étions perdus. Les bourrasques, hurlantes, étaient d'une telle violence qu'elles freinaient notre attelage. Les chiens eux-mêmes disparaissaient derrière les tourbillons blancs. Masauna n'était plus qu'une statue de neige agitant un fouet invisible et son visage se couvrait peu à peu d'un masque de givre.

Que devions-nous faire ? Je sais aujourd'hui qu'abandonner le traîneau aurait été la pire folie. Mais pouvions-nous continuer longtemps d'avancer ainsi en aveugle ?

Le vent s'intensifiait au point d'en devenir épais, presque palpable. Il nous tordait, nous soulevait, nous assénant de véritables gifles. Chaque rafale avait autant de force qu'une vague dans une mer déchaînée. Quant au froid, il devenait inimaginable. Sans le vent, habillés comme nous l'étions, nous aurions pu tenir des heures par moins cinquante. Mais dans cet ouragan, l'engourdissement et la mort n'étaient plus qu'une question de minutes.

Nous étions minuscules, insignifiants face à cette effroyable tempête ; mais nous voulions vivre. Comme nos ancêtres l'avaient fait depuis des siècles, nous voulions dépasser nos propres limites et survivre, envers et contre tout.

Lorsque j'ai senti que les chiens peinaient trop à tirer, je suis descendue du traîneau et j'ai aidé Masauna à pousser l'attelage. Dix, vingt, trente fois, le traîneau s'est bloqué. À chaque fois, mon ami et moi sommes parvenus à le relancer. La morsure du froid me broyait les doigts. Mes yeux et mes poumons s'enflammaient de douleur. Je sentais le givre me couvrir le visage et pénétrer à l'intérieur même de mes narines. Pourquoi cette banquise que j'aimais tant s'acharnait-elle à ce point contre nous ? Qu'avions-nous fait pour mériter la mort ?

J'usais mes dernières forces. J'en arrivais à maudire cette neige en furie, qui bientôt serait notre tombeau. Puis, tout à coup, le vent a faibli, et une falaise de glace est apparue devant nous. Nous venions d'atteindre la face abritée de l'iceberg. Masauna avait réussi !

– Ce n'est qu'un répit, a-t-il affirmé. Même ici, ce sera bientôt l'enfer[1] ! La banquise va se disloquer. Il faut s'installer au plus vite sur la base de l'iceberg.

---

1. Les vents peuvent dépasser la vitesse inouïe de 300 km/h !

J'ai aidé Masauna à amener le traîneau et les chiens au pied de la paroi de glace et à les attacher. Il n'était pas question de nous coucher simplement sur le traîneau et de nous protéger avec nos deux couvertures. Nous devions au plus vite construire un igloo. Luttant contre le vent et le froid, nous nous sommes mis à la recherche d'une congère de neige compacte.

La chance était avec nous. Une excellente neige s'était accumulée dans un repli de l'iceberg. Masauna a aussitôt empoigné sa longue scie et s'est mis à découper de gros blocs allongés.

Pendant plus d'une heure, en pleine tempête, transis de froid et ballottés par les rafales, nous avons dû assembler les blocs, colmater les trous avec de la neige et creuser l'entrée souterraine de ce qui serait notre igloo.

Enfin, nous nous sommes glissés à l'intérieur de notre abri.

— Il était temps ! Je suis gelée, ai-je dit en piétinant sur place et en frappant des mains.

Le visage tiré de fatigue, Masauna a refermé l'entrée avec un bloc de glace. Nous nous sommes installés sur les deux banquettes de neige. Mon ami m'a donné l'une des deux couvertures.

— Dès que l'air se sera réchauffé, a-t-il dit, je ferai

un petit trou au sommet pour éviter que les parois se mettent à fondre.

Puis il a ouvert son sac à provisions. Son visage s'est tendu :

— Pour boire, nous n'aurons pas de problème, l'iceberg est fait d'eau douce. Par contre, il ne reste plus que quatre biscuits. Si la tempête dure plusieurs jours, nous aurons faim.

— Tout ça est ma faute, ai-je dit en soupirant.

— Personne ne pouvait prévoir que le fœhn allait se déchaîner.

— Non, mais c'est moi qui ai voulu qu'on aille si loin.

— C'est vrai, mais si nous n'avions pas continué quand tu l'as demandé, en ce moment nous serions quelque part entre ici et Savigsivik, dans une zone sans aucun iceberg de grande taille, et sans abri. D'une certaine façon, si on s'en sort, ce sera grâce à cet iceberg et, du coup, grâce à toi.

Masauna s'est allongé sur sa banquette. J'ai fait de même. À travers les parois de neige de l'igloo, qui étouffaient pourtant les bruits, nous entendions le vent rugir en assenant à la montagne de glace de véritables coups de boutoir. Il y avait également un autre bruit, plus sourd, une sorte de grondement profond, continu.

– Tu entends ça ? a chuchoté Masauna. C'est la banquise qui se brise. Sans cet iceberg, nous étions perdus !

Je n'ai rien répondu. J'ai pensé aux chiens, dehors, couchés en boule, dos au vent, la truffe plongée dans les poils de la queue. La neige allait peu à peu les recouvrir et les protéger du vent et des morsures du froid. Puis j'ai écouté avec attention ce grondement souterrain. C'était la première fois que je l'entendais. Plus je l'écoutais, et plus j'avais l'impression que ce n'était pas un bruit sourd, mais une musique ancienne et lointaine. Deux ou trois fois, j'ai senti l'iceberg bouger. Ensuite, épuisée par le froid et la fatigue, mes yeux se sont fermés et je me suis assoupie.

À mon réveil, au petit matin, seule une faible lueur filtrait au travers de l'igloo. Je me suis sentie heureuse d'être toujours en vie.

– Pas besoin de mettre le nez dehors, a dit Masauna, qui venait lui aussi d'émerger du sommeil. Rien qu'au bruit de la banquise et aux hurlements du vent, je peux te dire que la tempête ne risque pas de s'apaiser dans les prochaines heures.

Il a ouvert le sac à provisions et m'a tendu un biscuit.

– Il faut manger un peu, sinon le froid va nous geler le sang.

J'avais très faim. Je me suis forcée à grignoter le biscuit le plus lentement possible pour en profiter au maximum. Lorsque j'ai eu terminé, un long frisson m'a secouée de la tête aux pieds.

– Ça va aller ? m'a demandé Masauna.

– Le biscuit m'a ouvert l'appétit plutôt qu'autre chose.

– Les chiens peuvent tenir trois jours sans manger, mais nous…

– Moi, ce qui m'inquiète le plus, ce sont nos parents. Ils doivent être morts d'angoisse. J'ai peur que ton père ou le mien n'essaie de partir à notre recherche et se mette en danger à cause de nous.

Masauna a fait non de la tête :

– Je ne crois pas. Personne ne peut sortir par une tempête pareille. Ils doivent se dire que nous avons trouvé un abri, ou que nous sommes déjà morts de froid et ensevelis sous la neige.

Pour passer le temps, Masauna s'est mis à me raconter des histoires qu'il tenait de sa grand-mère. Toutes, disait-il, étaient des histoires vraies. Les plus effroyables parlaient des événements qui avaient eu lieu lors des hivers de 1882 et 1883. Une famine sans

précédent avait frappé la région. Sa grand-mère Amaunalik et les anciens en parlaient encore comme de la
« grande faim ».

– Il faisait un froid terrible, racontait Masauna, et
il n'y avait plus aucun gibier, ni phoque, ni ours, ni
oiseau. Les gens ont mangé toutes leurs réserves, puis
leurs chiens. Quand il n'y a même plus eu de graisse
pour les lampes à huile, les gens ont mangé les peaux
des tentes, des kayaks et des oumiaks, ces grands
bateaux aux coques de peau qui n'existent plus aujour-
d'hui.

Couchée sur ma banquette, j'imaginais les scènes
décrites par mon ami. Des hommes, des femmes, des
enfants mourant de faim. Mes parents ne m'avaient
jamais parlé de tout cela avec autant de détails. J'étais
bouleversée.

– Il paraît, expliquait-il, qu'avoir faim, vraiment
faim, est une véritable torture. L'estomac se tord, les
côtes se contractent brutalement, comme si on rece-
vait des coups de poing dans le ventre. Pour abréger
leurs souffrances, des vieillards demandaient à être
jetés vivants dans l'eau glacée. Des femmes s'y pré-
cipitaient également avec leurs enfants pour laisser
aux autres le peu de nourriture qui restait. Puis il y a
eu les premiers morts, et les plus affamés se sont rési-

gnés à les manger. La viande d'homme est, paraît-il, rose et sucrée, meilleure que celle de l'ours et du narval. Mais c'est aussi une viande d'épouvante ! Imagine ! Ce n'était pas simplement de l'homme qu'ils devaient manger, c'était la chair de leurs parents, de leur épouse, de leurs amis ! Ils les avaient connus ! C'est ça qui devait être le plus atroce. Grand-mère raconte pourtant que certains finirent par y prendre goût.

Les paroles de Masauna m'effrayaient de plus en plus.

— N'aie pas peur, dit-il, devinant mon malaise. Nous n'en sommes pas là. Il faudrait que la tempête dure des jours et des jours avant qu'on ne doive manger les chiens. Nous risquons juste d'avoir très faim et de perdre beaucoup de nos forces. C'est le retour qui sera difficile.

Les arguments de Masauna ne m'avaient rassurée qu'à moitié. J'avais entendu assez d'horreurs. J'ai fermé les yeux. Nous avons laissé passer les heures, à somnoler et à écouter les gémissements du vent et le grondement sourd de la glace. En fin d'après-midi, Masauna est soudain descendu de sa banquette et a ôté un instant son capuchon pour mieux entendre.

– Cette fois, a-t-il dit, je crois que ça se calme.

J'avais remarqué moi aussi que les bruits étaient moins forts. Mais je n'avais rien dit, pensant que c'étaient mes oreilles qui, après mes pieds et mes mains, s'engourdissaient à leur tour.

Masauna ne s'était pas trompé. Deux heures plus tard, presque aussi subitement qu'elle était venue, la tempête a cessé. Nous sommes sortis de l'igloo. La violence du vent avait dû être extrême. Tout autour de nous, la banquise s'était craquelée et brisée. Les remous de la mer avaient dressé les plaques de glace les unes contre les autres. Certains blocs faisaient saillie de plusieurs mètres au-dessus de la surface.

– Rentrer au village ne sera pas facile, a soupiré Masauna. Il faudra sans cesse zigzaguer pour éviter ces arêtes et veiller à ne pas nous jeter dans une cassure de la glace qui serait trop large.

– En plus, ai-je ajouté, dans deux heures, il commencera à faire noir.

– Je sais, a déclaré Masauna. Mais, sans rien à manger, nous n'avons pas le choix. Si nous attendons demain, nous aurons encore plus froid, et moins de force.

Soucieux et inquiets, nous avons commencé à dégager le traîneau. Masauna allait y atteler le premier chien lorsque j'ai aperçu trois panaches de poils blancs qui filaient à une cinquantaine de mètres derrière.

— Des renards ! lui ai-je chuchoté en les montrant du doigt. J'ai vu leur queue, là, derrière les blocs de glace.

Mon ami a couru jusqu'à l'igloo et en est ressorti avec son fusil. Par gestes, il m'a demandé de ne pas bouger et d'ouvrir l'œil pendant qu'il prendrait les animaux à revers.

À cause du vent contraire, les chiens n'avaient heureusement rien senti et restaient silencieux. Masauna s'est mis à courir, plié en deux, et il a disparu parmi les arêtes de glace. Soudain, je l'ai vu se dresser, épauler son fusil, tirer et disparaître de nouveau, se dresser, tirer encore, recharger et faire feu une troisième fois. Quand il est revenu, il portait d'une main son fusil, dont le canon fumait encore, et traînait de l'autre trois renards sans vie.

J'ai frappé des mains. Les chiens ont aboyé. Nous étions sauvés !

Chapitre 3 : Le nom

Les chiens avaient attrapé au vol les morceaux de viande que Masauna leur avait jetés. Nous nous étions gardé quatre cuisses. J'avais aussi récupéré la peau, dont la fourrure servirait à confectionner d'excellents capuchons de parka. À chaque bouchée, abritée dans l'igloo, je sentais une douce chaleur envahir mon corps. J'avais déjà mangé de la viande crue encore chaude, mais jamais je n'y avais mordu avec autant de plaisir[1].

– C'est incroyable, a dit Masauna avant de trancher une nouvelle bouchée avec son couteau. C'est la deuxième fois que cet iceberg nous sauve la vie.

Masauna disait vrai. Cet immense bloc de glace, décroché des mois plus tôt d'un lointain glacier, avait su nous protéger de la fureur du fœhn. Il avait aussi

---

1. De cette habitude alimentaire vient le nom d'Eskimau, qui signifie « mangeur de viande crue ».

servi de refuge à ces renards arctiques. Leur viande allait à présent nous permettre de reprendre des forces et de passer la nuit à l'abri. Nous disposerions de toute la journée du lendemain pour rentrer tranquillement à Savigsivik. La banquise aurait eu le temps de se ressouder. Que pouvions-nous demander de plus ?

J'avais pourtant du mal à sourire, incapable d'oublier l'angoisse que devaient éprouver nos parents. Nous avons fini de manger, puis nous nous sommes couchés.

Il commençait juste à faire nuit lorsqu'un grondement s'est fait entendre ; j'ai sursauté.

– Tu as entendu ? ai-je murmuré en me redressant sur ma banquette.

Masauna a ouvert les yeux et m'a regardée :

– C'est un ours.

– Un ours ? ai-je répété, ébahie.

C'était la première fois que j'en entendais un.

– Je me doutais bien qu'il devait y en avoir dans les parages.

– Pourquoi ?

– Pour deux raisons : d'abord, au printemps, ils cessent leur hibernation et quittent les terres pour venir chasser le phoque sur la banquise. Ensuite, la présence de ces petits renards ne trompe pas : quand un ours blanc tue un phoque, il n'en mange que la graisse. Les renards le suivent et se partagent la viande qui reste.

Masauna s'est tu un moment, puis il a ajouté :

– Je ne voulais pas t'en parler. Je craignais de te faire peur.

– Peur, moi ? Tu veux rire ?

Masauna m'a regardée, tout étonné.

– C'est vrai que tu n'as pas l'air effrayée. Depuis que je te parle d'ours, tu as même les yeux qui brillent ! Qu'est-ce qui t'arrive ?

– J'ai toujours été fascinée par cet animal. D'ailleurs, regarde !

J'ai enlevé une de mes moufles, abaissé ma capuche et tiré sur une fine lanière de cuir nouée autour de mon cou.

– Qu'est-ce que c'est que ça ? s'est exclamé Masauna en voyant apparaître un pendentif en forme d'ours.

– Un cadeau de ma mère.

– Je pensais que ton père et ta mère ne prêtaient aucune attention aux anciennes croyances !

– Anciennes croyances ? Je ne comprends pas…

Masauna a semblé embêté, comme s'il en avait trop dit.

— Enfin, Aïninak ! Ce pendentif, c'est quoi, pour toi ?

— Un bijou. Qu'est-ce que tu veux que ce soit d'autre ?

— Ta mère ne t'a rien dit quand elle te l'a offert ?

— Non, rien de spécial, pourquoi ?

— Je ne devrais peut-être pas te le dire, mais ton pendentif n'est pas un simple bijou. C'est une amulette taillée dans un os d'ours. Elle est censée te protéger.

— Me protéger ? Contre quoi ?

— Contre ton nom.

— Mon nom ?

— C'est ma grand-mère qui m'a appris ça. Ce sont de très vieilles croyances, du temps des chamans[1], avant que les pasteurs n'arrivent. Lorsqu'une personne meurt, seul le corps disparaît. Son nom et son esprit restent vivants. L'esprit va au paradis, sur la lune ou sous la mer, selon l'endroit où tu meurs. Le nom, lui, reste sur terre et erre jusqu'à ce qu'il soit

---

1. Sorciers-magiciens, capables de communiquer avec les esprits.

donné à quelqu'un d'autre. Cette personne hérite alors de l'esprit et de certains traits de caractère de l'ancien propriétaire.

– Et quel rapport avec mon pendentif?

Les idées bouillonnaient dans ma tête. Le regard de Masauna est devenu fuyant. J'ai vu qu'il hésitait à répondre. Son embarras m'a rappelé celui de ma mère, juste avant notre départ. Comme j'insistais, il a prétendu que sa grand-mère lui avait interdit de me parler de tout cela, qu'elle pensait que mes parents ne croyaient plus à ces histoires et qu'il fallait respecter leur choix.

– Mais enfin! ai-je crié. J'ai le droit de savoir! Sinon pourquoi ma mère m'aurait-elle offert ce collier?

Masauna a soupiré. Il a retiré sa moufle et avec son index a écrit mon nom sur la neige par terre et a commencé à me raconter:

– D'après ma grand-mère, le dernier Aïninak[1] était un très grand chasseur, un homme exceptionnel, doté d'une force et d'un courage remarquables. Un jour, lui, sa femme et ses enfants coupent à travers

---

1. Les noms esquimaux n'ont pas de genre. Ils peuvent être donnés indifféremment à un garçon ou à une fille.

la banquise pour remonter vers les villages du nord. Ils dressent leur tente, attachent les chiens quand, soudain, un ours énorme surgit de nulle part. Aïninak n'a le temps ni d'attraper son fusil ni de lâcher les chiens. La bête se rue vers son épouse et ses enfants. Le chasseur n'hésite pas une seconde, il se jette sur l'animal et, armé d'un simple couteau, sauve la vie des siens.

Masauna a remis sa moufle et a effacé mon nom d'un lent mouvement de la main. Tout à coup, je me suis mise à trembler. J'ai fermé les yeux. Des images, des flashes de cette vie passée surgissaient de ma mémoire. Je me voyais crier, puis courir vers cet ours menaçant, serrer un couteau dans ma main et frapper de toutes mes forces. Alors, j'ai hurlé, pour de vrai cette fois. Une effroyable douleur venait de me déchirer le dos.

— Aïninak ? Ça va ? a demandé Masauna en me secouant.

J'ai ouvert les yeux. Complètement perdue, j'ai regardé autour de moi.

— Aïninak, c'est moi ! a dit Masauna.

J'ai secoué la tête, mes souvenirs me sont revenus. J'avais à peine la force de parler :

— J'ai vu l'ours. Je l'ai frappé. Ça m'a fait mal.

Masauna m'a serrée dans ses bras un long moment, puis m'a forcée à m'allonger. Je me sentais mal, j'avais l'impression de perdre pied, comme si passé, présent et futur s'étaient mélangés dans mon esprit.

Puis, peu à peu, tout est devenu évident. Ce n'était pas parce que j'étais une fille que ma mère avait refusé que j'aille à la chasse ! Elle avait surtout peur que, comme mon ancêtre, je n'hésite pas à affronter l'ours, armée d'un simple couteau. Mais mon nom m'avait poussée à venir jusqu'ici, jusqu'à cet iceberg. Il fallait que j'entende le cri de l'ours, et que Masauna me révèle qui j'avais été.

J'ai respiré deux fois, trois fois, très profondément, puis j'ai demandé :

— L'ours que nous avons entendu, il est loin ?

— Je pense que oui. De toute façon, un coup de fusil suffit, normalement, à les faire fuir. Ils ne s'acharnent sur l'homme que s'ils sont devenus fous. Là, il est simplement en route vers le bord de la banquise pour y chasser le phoque. Dès qu'il sentira les chiens, il s'éloignera.

Mon ami m'a regardée au fond des yeux et, après un long silence, m'a demandé à voix basse :

— Tu as peur ?

Une paix et un calme extraordinaires s'installaient en moi.

– Non, ai-je répondu. Au contraire. Je me sens incroyablement bien et en sécurité. Tu as ton fusil, et mon amulette me protège.

– Je vais quand même te montrer comment te servir d'une arme à feu, a dit Masauna. On ne sait jamais.

Masauna est venu s'asseoir à côté de moi et m'a expliqué le maniement de son fusil : la bonne façon de le tenir, comment armer, comment viser, comment recharger. Il m'a appris aussi que, normalement, l'ours ne tue pas avec les dents. Il utilise sa patte gauche comme une énorme massue. Sa force et ses griffes le rendent redoutable.

– D'après mon père, a ajouté Masauna, avant de t'attaquer, il se tasse sur lui-même, et puis il se détend d'un coup et balaie avec sa patte tout ce qu'il y a devant lui.

Ce soir-là, alors que j'essayais de m'endormir, le sourire refusait de quitter mes lèvres. Je me sentais tellement heureuse. Je savais que Masauna ne dormait pas encore ; sans faire de bruit, je suis descendue de ma couchette de neige et je me suis approchée de lui. Il faisait très sombre. J'ai doucement posé mon nez sur le sien. Je l'ai juste effleuré, et j'ai senti une merveilleuse chaleur entrer en moi. Je me suis vite recouchée, et j'ai fermé les yeux le plus fort que j'ai pu, pour ne pas laisser s'échapper de moi la moindre goutte de ce bonheur.

Chapitre 4 : Patience

Le lendemain matin, Masauna m'a réveillée en posant doucement son nez sur le mien. J'ai ouvert les yeux. Il m'a souri :

– Il faut rentrer, a-t-il dit.

Nous sommes sortis de l'igloo. Je portais le sac de provisions et les deux couvertures, Masauna, son fusil.

– Tu as de la chance d'avoir cette arme, lui ai-je dit tout en marchant vers le traîneau.

– Elle appartenait à mon grand-père. Il me l'a donnée quelques jours avant de mourir. « Ainsi, m'a-t-il expliqué, une partie de moi-même continuera à voyager sur la banquise après ma mort. »

– La semaine prochaine, il te permettra peut-être de tuer ton premier ours blanc.

– Ça ne risque pas. Mon père refuse que je l'emporte. Il dit que c'est trop tôt.

– Tu t'en sers pourtant bien.

Sans répondre, Masauna a attelé les chiens, puis il a repris :

— Mon père prétend que pour être un vrai chasseur la force ne suffit pas. Il faut également le courage et la patience. Un fusil, selon lui, c'est seulement de la force et de la violence. Alors, avant de m'autoriser à m'en servir, il veut que j'apprenne à m'en passer.

— Tu en penses quoi ?

— Qu'il a raison ! À seize ans, abattre un ours avec un fusil, c'est trop tôt. Les ours doivent rester la récompense des chasseurs les plus valeureux, et non des mieux armés. Ma grand-mère Amaunalik prétend même que tuer un ours est un acte sacré.

J'ai approuvé de la tête et nous avons fini de charger le traîneau. Masauna a ensuite fait tirer les chiens pour le dégager de la neige qui s'était accumulée tout autour. Il poussait, pendant que je faisais claquer le fouet au-dessus des bêtes, mais le gel avait emprisonné les patins. Après bien des efforts, Masauna a renoncé, hors d'haleine.

— Ça va prendre du temps, a-t-il soupiré, mais on va être obligés de casser la glace à coups de piolet.

Sans rien dire, j'ai déposé le fouet à terre. Je me suis approchée du traîneau. Au lieu de me positionner pour pousser avec mes bras, comme le faisait Masauna, j'ai appuyé le bas de mon dos au traîneau afin de n'utiliser que la force de mes jambes. J'ai bloqué ma respiration et je me suis mise à le pousser par le travers de plus en plus fort. Mes dents ont commencé à grincer sous l'effort.

— Tu t'épuises pour rien, a estimé Masauna.

J'ai fait la sourde oreille et j'ai crié pour me donner plus de force. D'un seul coup, la glace a cédé. Le traîneau est tombé sur le côté. Je me suis retrouvée assise par terre.

— Eh bien, toi alors ! s'est exclamé Masauna, abasourdi. Ça ne m'étonne pas que tu veuilles accompagner les chasseurs. Tu as plus de force que moi et les chiens réunis.

Je me suis relevée en lui souriant. J'étais plutôt fière de moi. J'ai fait avancer un peu le traîneau pour m'assurer qu'aucun bloc de glace n'y était collé, puis je me suis installée dessus.

— La force ne suffit peut-être pas, ai-je dit, mais c'est quand même rudement utile !

Masauna m'a répondu d'un clin d'œil. Il a ramassé le fouet, a empoigné les mancherons du traîneau et a fait démarrer l'attelage.

— C'est étrange, ai-je murmuré. D'un côté, je suis

impatiente de rentrer au village ; de l'autre, je me sens presque triste de quitter cet endroit.

Je me suis alors tournée vers Masauna, et j'ai vu ses yeux qui brillaient.

– Jamais je n'oublierai cette montagne, ai-je ajouté. J'y ai passé trop de moments extraordinaires.

– Dans quelques mois, a répondu mon ami, la banquise aura fondu. L'iceberg continuera sa route. D'ici là, peut-être pourrons-nous revenir dans notre igloo ?

À ce moment précis, profitant d'un trou entre les nuages, le soleil a incendié la banquise. La glace et les cristaux de neige se sont transformés en une multitude scintillante. J'étais émerveillée. On aurait dit un bijou géant.

Plusieurs fois, alors que nous nous éloignions, je me suis retournée pour regarder l'imposante montagne de glace qui nous avait servi de refuge. Alors que le traîneau continuait sa course, des mots, des phrases surgissaient d'eux-mêmes dans mon esprit. Je me suis rappelé les paroles prononcées un jour par un étranger, arrivé des pays chauds. Mon père lui avait demandé pourquoi il était venu ici. L'homme avait répondu que, pour lui, la banquise n'était pas un lieu de solitude et de désolation, mais une porte pour qui veut rencontrer son âme. Mon père lui avait souri.

L'éclaircie, hélas, a été de courte durée. En une demi-heure, elle a fait place à un brouillard givrant qui, petit à petit, a chargé l'air de son voile épais et glacé. Nous n'avons plus eu pour nous orienter que les stries sculptées par le vent sur la mince couche de neige.

Ralentis par le brouillard et les incessants détours que nous imposaient les arêtes de glace, nous avons mis cinq heures avant d'apercevoir la côte.

– Nous ne sommes pas encore arrivés ! a dit Masauna. J'ai un peu dévié. Ce n'est que le cap York. Savigsivik est à droite.

Dans cette zone, la banquise avait mieux résisté aux déchaînements du fœhn. Nous avons pu filer plein est sans plus faire de détour. Au bout d'une heure, les chiens, malgré leur fatigue, se sont d'eux-mêmes lancés à fond de train. Une côte au profil familier est apparue peu à peu. Enfin ! Nous arrivions !

Cinq minutes plus tard, nos cinq chiens, à bout de souffle, gravissaient une grève enneigée. L'une après l'autre, les trois cabanes de Savigsivik ont émergé du brouillard. La meute du village s'est mise à aboyer.

– Vivants ! Ils sont vivants ! s'est exclamée une

voix assourdie par l'épaisseur de la brume.

Une silhouette avec un bras raide s'est approchée de nous en courant.

– Maman ! me suis-je écriée.

Je me suis jetée à son cou. Puis d'autres voix se sont approchées. J'ai regardé, anxieuse. J'ai aperçu mon père, le père de Masauna, sa grand-mère Amaunalik et les deux autres chasseurs du village, Itukusuk et Avataq. J'ai poussé un soupir d'aise. Tout le monde était là. Personne ne s'était mis en danger par notre faute.

– Rentrons dans la cabane, a dit mon père.

Masauna a tenu à attacher lui-même les chiens.

– Je leur donnerai à manger plus tard, a dit son père. Viens te mettre à l'abri.

Nous sommes tous entrés dans la cabane de mes parents. Ma mère a rechargé le poêle à charbon. Masauna et moi avons retiré nos bottes imprégnées par la transpiration de plusieurs jours pour les faire sécher. Puis ma mère nous a servi des biscuits et du thé brûlant. Nous nous sommes mis à manger. Personne ne disait rien.

– Vas-y, m'a dit Masauna, tout occupé à mâcher. Tu raconteras mieux que moi.

Les regards se sont tournés dans ma direction. Un

peu gênée, je me suis éclairci la gorge et j'ai fait le récit de notre aventure en prenant bien soin de passer sous silence tout ce qui pouvait avoir un rapport avec les ours et mon nom.

— Nous avons eu peur, a avoué mon père. Mais avec la tempête, puis le brouillard, nous n'avions aucune chance de vous retrouver. C'était inutile de partir à votre recherche.

— Moi, je sentais que vous étiez toujours vivants, a ajouté Amaunalik, la grand-mère de Masauna. J'étais sûre que vous sauriez vous comporter en Inussit[1] et survivre à cette tempête en agissant comme il le fallait.

Tous ont approuvé en hochant la tête.

— Aïninak fait la modeste, est intervenu Masauna. Elle oublie de vous dire qu'elle a réussi toute seule à décoller le traîneau pris par le gel. Moi et les chiens, nous n'étions même pas parvenus à faire grincer la glace.

— Aïninak est très forte, a dit Amaunalik en plongeant ses yeux dans les miens.

— Et puis aussi, a enchaîné Masauna, près de ce gros iceberg, nous avons entendu grogner un ours.

---

1. Inuit, prononcé « inussit » dans cette région du Groenland, signifie « les vrais hommes », sous-entendu ceux qui sont capables de vivre dans le Grand Nord.

Les regards se sont tournés vers mon père. À la magie du mot « ours », deux minuscules flammes étaient apparues dans ses yeux. Ma mère s'est raidie.

— Les enfants sont sains et saufs, a dit mon père. Le fœhn est passé. Si le brouillard se lève, je propose que nous partions traquer cet ours dès demain. Pour mettre le plus de chances de notre côté, nous emmènerons tous les chiens. S'il le veut bien, Masauna nous guidera vers cet iceberg.

Mon père allait-il annoncer qu'il m'emmenait avec lui ? Mon cœur s'est mis à battre très fort.

— Ma femme, a-t-il dit, ne peut pas rester seule, à cause de son plâtre. Je propose qu'Amaunalik partage notre maison pendant notre absence.

Mon regard est resté fixé sur ses lèvres dans l'attente de ce qui allait suivre. Il m'a regardée. Il allait le dire…

— Quant à toi, Aïninak, je te demande de veiller sur elles deux.

Je suis restée bouche bée. Mon père s'est levé. Très vite, tout le monde est sorti de la cabane. Masauna a renfilé ses bottes, fourrées avec une nouvelle couche d'ouate bien sèche préparée par ma mère, et a suivi les hommes. La vieille Amaunalik s'est approchée doucement de moi :

— Pourquoi fais-tu cette tête ?

J'ai jeté un regard furieux en direction de ma mère et répondu :

— Demandez à Masauna, il vous expliquera. Moi, je suis censée ne rien savoir !

Le temps de chausser mes bottes et, à mon tour, je suis sortie.

Mon père m'avait bien eue ! En me faisant « l'honneur » de me confier ma mère et la grand-mère de Masauna devant tout le monde, il m'obligeait en fait très adroitement à rester au village. Ma mère avait dû lui parler de mon envie de l'accompagner. Comme elle n'était pas d'accord, il avait trouvé cette combine. Si je refusais, je passais pour une fille indigne. J'étais prise au piège.

J'ai rejoint Masauna. Nous nous sommes mis à discuter.

— Tu pourrais dire que tu te sens incapable de veiller sur elles deux, a-t-il suggéré. Tu serais alors libre de nous accompagner.

— C'est vrai, ai-je répliqué, mais de quel droit une « incapable », comme tu dis, irait-elle à la chasse à l'ours ?

Je pouvais tourner le problème dans tous les sens ; j'étais bel et bien coincée.

– En plus, me suis-je exclamée, franchement, que veux-tu qu'il arrive ?

– Je ne sais pas. Regarde, ta mère s'est bien cassé le bras, et il a fallu aller chercher le docteur à Qânaq.

– Elle ne va pas se casser le bras tous les quinze jours ! En plus, puisque vous emmènerez tous les chiens, je me demande ce que je pourrais faire.

– Moi, je pense que tu devrais parler à ton père, et à ta mère aussi. Leur raconter ce qui s'est vraiment passé près de l'iceberg.

– Papa ne voudra jamais rien entendre, et…

La voix de mon père m'a tout à coup fait sursauter. Avec nos larges capuchons, ni moi ni Masauna ne l'avions vu arriver par-derrière.

– Qu'est-ce que je ne voudrai pas entendre ? a-t-il demandé.

Comme je ne disais rien, j'ai vu Masauna s'apprêter à répondre à ma place. Je l'ai fixé avec insistance pour qu'il se taise.

– Aïninak est heureuse de veiller sur ma grand-mère, a-t-il commencé sans s'occuper de moi. Mais son grand rêve est de devenir chasseur.

Mon père a froncé les sourcils :

– Vous faites une sacrée paire, tous les deux, et je vais vous étonner. Aïninak, je n'ai rien contre l'idée que tu nous accompagnes à la chasse. Je connais ta force. Seulement… Tout chasseur qui se respecte te dira que cela ne suffit pas.

– Masauna me l'a appris, ai-je répondu. Il faut aussi la patience et le courage.

– J'ai vu des jeunes hommes pleins d'intelligence et de bravoure revenir systématiquement bredouilles, simplement parce qu'ils n'avaient pas la patience d'attendre le bon moment pour tirer ou lancer leur harpon. La chasse n'est pas un jeu, Aïninak. C'est pour les Inussit le moyen de faire vivre leur famille. Alors, si tu veux que je t'emmène un jour, prouve-moi qu'en plus de la force tu as aussi la patience. Laisse passer cette occasion et accepte de ton plein gré de veiller sur ta mère.

– Et pour le courage ?

– La patience ! Aïninak ! Apprends d'abord la patience !

Mon père parlait peu, mais une fois encore ses paroles avaient été sages. Tout le reste de la journée et une bonne partie de la nuit, les phrases qu'il avait dites ont résonné en moi.

Au petit matin, j'avais accepté l'idée de rester au village afin de veiller sur Amaunalik et ma mère. En paix avec moi-même, j'ai aidé les chasseurs à équiper chiens et traîneaux. Ce n'est que lorsque mon père et Masauna sont venus me dire au revoir que les regrets m'ont envahie de nouveau.

— Quand je serai de retour, m'a discrètement glissé Masauna à l'oreille, nous repartirons tous les deux sur la banquise.

Je lui ai souri :

— Tu es plus que mon ami, Masauna. Je reste ici, mais mon cœur et mes rêves t'accompagnent.

Les chasseurs ont pris place sur les traîneaux. Les longues lanières des fouets ont sifflé et claqué au-dessus des chiens. Les hommes ont lancé leurs cris. L'un après l'autre, les attelages se sont mis à glisser, sans autre bruit que le souffle des bêtes.

Je revois encore le spectacle de ces trois traîneaux, tirés chacun par une quinzaine de chiens, s'en allant pour plusieurs jours là où certains hommes ne survivraient pas plus de quelques heures. À cet instant encore, j'aurais tout donné pour me trouver avec eux.

— La dernière fois, a soupiré ma mère d'une voix triste, ils sont restés à la chasse dix-sept jours.

— Je me souviens, ai-je répondu. Papa avait ramené la peau d'un ours énorme.

Amaunalik et ma mère sont rentrées se mettre à l'abri dans la cabane. Je me suis retrouvée seule. Le soleil du matin illuminait la banquise.

Longtemps encore, je suis restée à regarder les attelages rapetisser au loin. Peu à peu, les claquements de fouets se sont évanouis, étouffés par la distance, emportés par le vent. Puis les traîneaux ont à leur tour disparu au bout de l'horizon. J'aurais voulu être un oiseau pour m'envoler et les suivre encore. J'ai soupiré. Il me fallait d'abord prouver ma patience.

Chapitre 5 : L'épreuve

Six jours durant, j'ai aidé ma mère à l'entretien de la cabane et au tannage des fourrures. Depuis le début de l'hiver, mon père avait ramené de nombreuses peaux de phoques hispida[1]. Il y avait aussi celles des renards arctiques abattus par Masauna. L'occasion était parfaite pour les dégeler et les travailler.

Ma mère n'en revenait pas de mon changement d'attitude. Sans rechigner, je passais des heures et des heures à racler les peaux afin d'en enlever le plus de graisse possible. Le reste du temps, avec Amaunalik, j'ai entamé la confection d'une paire de kamiks. Elle avait été une remarquable couturière et me montrait les astuces pour renforcer certaines coutures et les rendre parfaitement étanches.

---

1. Une des deux variétés de phoque chassées dans cette région du Groenland.

Bien sûr, au fond de moi, je rêvais de chasse. À ma grande surprise cependant, je prenais plaisir à ce travail du cuir. J'avais l'impression étrange que mes gestes venaient tout droit du fond des âges, et qu'à travers moi c'était tout le savoir-faire et toute l'histoire de mon peuple qui se perpétuaient. J'en éprouvais une réelle fierté.

Au matin du septième jour, tout a basculé.

— Nous avons besoin d'eau douce, a dit ma mère. Aïninak, peux-tu aller chercher un peu de neige ?

Je me suis habillée et je suis sortie. Un violent blizzard[1] enveloppait le village.

Après avoir fait quelques pas dehors, mon regard s'est figé d'effroi. Un peu partout, la neige était marquée d'empreintes larges et profondes. Les cinq marques de griffes devant chacune d'elles ne laissaient aucun doute : un ours blanc était passé par là ! Je me suis sentie frémir des pieds à la tête.

Si l'un de ces rois de la banquise était venu rôder dans le village, il pouvait encore être là, affamé et prêt à bondir. Mon cœur s'est mis à battre de plus en plus fort. Que devais-je faire ?

Imprudente, j'ai suivi les traces sur une vingtaine

---

1. Vent du nord accompagné de tempête de neige.

de mètres. Elles conduisaient droit aux garde-manger, ces plates-formes surélevées où l'on met la viande à l'abri des chiens. Tous étaient vides. Certains montants de bois étaient lacérés de coups de griffes. Prise de panique, je suis rentrée à la cabane aussi vite que j'ai pu.

En voyant mon visage, ma mère s'est aussitôt inquiétée :

— Aïninak, que t'arrive-t-il ?

J'étais trop essoufflée pour répondre.

— Un ours ! suis-je enfin parvenue à dire. Un ours a pillé les garde-manger.

Ma mère et Amaunalik ont échangé un regard.

— Verrouille la porte, m'a ordonné ma mère, et aide-moi à mettre le panneau de bois devant la fenêtre.

— Si cet ours a osé s'aventurer ici, a dit Amaunalik, il est soit affamé, soit devenu fou à cause de parasites logés dans sa cervelle. Il est peut-être même les deux en même temps. Dans tous les cas, s'il n'est pas parti, nos vies sont en danger.

À en juger par les empreintes, larges et très espacées, il devait s'agir d'un mâle de taille exceptionnelle. J'ai repensé au rêve étrange que j'avais fait dans l'igloo, à la douleur qui m'avait déchiré le dos, et un frisson d'angoisse m'a parcourue tout entière.

– On pourrait rester barricadées et attendre le retour des chasseurs.

– Tu as vu notre cabane? a soupiré ma mère. De simples planches tapissées de papier! Même si la porte et le volet résistent, un ours de sept cents kilos a suffisamment de force pour défoncer nos murs.

Il n'y avait ni homme ni chien pour nous protéger. Pour contenir ma peur, je me suis efforcée de penser à tout ce que Masauna m'avait appris. J'ai aussi songé à l'amulette que je portais au cou et j'ai décidé de réagir:

– Il nous faudrait une arme!

– Ton père n'a qu'un fusil, et il l'a emporté avec tous les harpons à phoque, a répondu ma mère.

Elle a tout de même regardé sous le lit et a sorti une courte lance, fine et légère.

– Il n'a laissé que ça: un harpon pour la pêche d'été au narval[1]. Contre un animal capable de tuer un homme d'un seul coup de patte, ce n'est pas grand-chose.

– Les ours ont la peau si épaisse, a ajouté Amaunalik, que même un chien n'arriverait pas à la percer avec ses crocs.

---

1. Mammifère marin, aussi appelé licorne de mer en raison de la longue défense frontale que portent les mâles.

J'ai réfléchi un instant, puis j'ai dit :

— Je sais où il y a un fusil. Masauna a laissé le sien. Il doit être dans sa cabane.

— C'est exact, a dit Amaunalik. Je l'ai vu avant de venir m'installer chez vous. Il est accroché au-dessus du lit.

— La cabane est à plus de cent mètres ! a protesté ma mère. Si l'ours rôde toujours dans les parages, il pourrait t'attaquer. Je suis d'accord qu'il nous faut ce fusil, mais je préfère y aller moi-même.

— Tu serais gênée par ton plâtre, ai-je répondu. Je courrai plus vite que toi.

— La petite a raison, est intervenue Amaunalik. Dès qu'elle aura le fusil, elle ne risquera plus rien. À moins que cet ours soit totalement fou, un simple coup de feu en l'air suffira à le mettre en fuite et nous serons sauvées.

Ma mère a fini par céder. Elle tenait quand même à s'assurer que la voie était libre. Le cœur battant, je l'ai suivie dans le couloir de sortie. Lentement, elle a écarté l'épaisse toile qui servait de première porte extérieure et a scruté les alentours.

Ces quelques secondes m'ont paru durer des heures.

— Pas d'ours en vue, a-t-elle dit enfin, en sortant pour me laisser le passage. Je reste ici à t'attendre.

Je me suis aussitôt lancée en courant vers la cabane. Mais le blizzard avait forci et soufflait contre moi. Chaque rafale me poussait en arrière. Je devais sans cesse repartir, bousculée, ballottée, freinée par le vent. J'avais prévu de courir, et j'étais obligée d'avancer pas à pas.

Dix fois, j'ai cru apercevoir l'énorme masse blanche fondre sur moi pour me déchiqueter. Dix fois, je me suis retournée, paralysée de frayeur. De toute ma volonté, je m'obligeais à ne penser qu'à une chose, le fusil, là-bas, devant moi, dans la cabane. Malgré le froid, j'étais trempée de sueur.

Quand je suis finalement parvenue auprès de la construction de bois, j'étais hors d'haleine. Je me suis engouffrée dans le sas en rampant à genoux. J'ai poussé la porte. Elle était sans doute bloquée par le gel, car j'ai dû m'y reprendre à trois reprises avant qu'elle ne s'ouvre. J'ai aussitôt bondi sur le lit, attrapé le fusil d'une main et l'ai armé de l'autre.

Mes jambes ne me portaient plus. Je me suis adossée au mur qui faisait face à la porte et je me suis laissée glisser doucement, jusqu'à me retrouver assise par terre. Je ne saurais dire combien de temps je suis restée ainsi à serrer contre moi le fusil de Masauna. Mon cœur a peu à peu retrouvé un rythme normal.

J'ai regardé dans la pièce : bon nombre d'objets me faisaient penser à mon ami. J'avais presque l'impression qu'il était à côté de moi, prêt à me protéger. Je me sentais bien.

Au bout d'un moment, le souvenir de ma mère et d'Amaunalik m'est venu à l'esprit. Je me suis relevée, j'ai retiré une de mes moufles afin de pouvoir poser le doigt sur la gâchette et, fusil à la main, je suis ressortie de la cabane.

Au loin, j'ai aperçu ma mère en train de gesticuler. Elle criait, mais à cause du vent contraire, je ne comprenais pas ce qu'elle disait. Je me suis mise à courir dans sa direction… Et tout à coup l'ours a surgi devant moi.

J'ai cessé de respirer. Peut-être mon cœur s'est-il même arrêté de battre, car autour de moi tout a soudainement disparu. Il n'y avait plus ni vent, ni ciel, ni paysage. Rien ! Rien, excepté cet ours, énorme, gigantesque, terrifiant, au regard de nuit. Sa fourrure blanche, épaisse, battait dans le vent. Sans un bruit, il a ouvert sa gueule bordée de velours noir, laissant apparaître ses crocs mortels.

Entre deux rafales, j'ai entendu ma mère qui hurlait à s'arracher la gorge :

— Tire ! Tire !

Mais ma tête était vide. La peur m'emportait dans son tourbillon et me paralysait. Je n'étais plus capable de la moindre pensée, du plus petit geste conscient. Au lieu d'agir, je restais figée face à la mort. L'ours, préparant son attaque, s'est ramassé sur lui-même. Dans quelques secondes, dans une formidable détente, il me déchirerait d'un coup de patte. J'allais mourir. Mon corps s'est crispé davantage. Personne ne viendrait à mon secours. J'ai fermé les yeux. C'était fini.

« Pan ! »

J'ai le souvenir d'un spasme extrême. Je me revois encore tressaillir, bouche ouverte, surprise tout autant par cette détonation partie de mon propre fusil que par l'effroyable grondement de douleur émis par l'ours. Mes doigts, à force de se crisper, avaient d'eux-mêmes pressé la gachette. Le coup, parti au hasard, avait atteint l'animal à la patte arrière. La déflagration m'avait aussi secouée au point de m'arracher à ma prison de peur. De nouveau, j'ai senti mon sang couler dans mes veines.

Au même moment, l'ours blessé, furieux, s'est précipité sur moi. D'un bond en arrière, j'ai évité de justesse sa première attaque. À la seconde, sa patte m'a atteint de plein fouet au niveau des côtes. Le choc m'a pliée en deux. J'ai été projetée au loin, comme une poupée de chiffon. Je me suis relevée, titubante, le souffle coupé. Je n'avais pas lâché le fusil. J'ai réarmé en faisant face à la bête qui avançait sur moi en boitant à cause de sa blessure. Tendue à l'extrême, j'ai visé le creux de l'épaule pour atteindre le cœur, comme me l'avait appris Masauna. J'ai pressé la détente. Le chien du fusil n'a percuté qu'une cartouche vide. J'avais oublié de recharger !

D'un coup de patte, l'ours m'a arraché l'arme des mains. J'ai reculé de deux pas et je me suis mise à courir vers la cabane. L'animal s'est alors lancé à ma poursuite en traînant sa patte blessée.

– Plus vite ! Plus vite ! Criait ma mère !

La peur m'empêchait de respirer. J'étais à bout de souffle, mais du coin de l'œil j'ai vu que je le distançais. J'ai atteint la cabane et m'y suis engouffrée juste derrière ma mère. Amaunalik a refermé la porte derrière nous. L'ours, arrivé trop tard, a grogné de rage.

Je me suis effondrée par terre, tremblante, terrorisée à l'idée qu'il pouvait s'attaquer à notre refuge. Mon cœur battait si fort qu'il me semblait que mes tempes et mes joues se gonflaient de sang à chacune de ses pulsations. Je revoyais dans ma tête l'ours surgir, avancer sur moi et me frapper. J'ai cru réentendre la détonation qui m'avait sauvée. Et puis, soudain, j'ai réalisé que je venais d'échapper par miracle à la mort. Je m'étais comportée comme une idiote, une froussarde, une incapable ! L'ours était apparu devant moi et, au lieu de l'abattre ou de simplement tirer en l'air, j'avais paniqué. Maintenant, par ma faute, nous étions toujours sans arme et l'ours, furieux, ne nous lâcherait plus.

Je sentais également qu'au fond de moi quelque chose venait de changer. J'avais honte de ce qui s'était passé, mais surtout j'avais peur, effroyablement peur, et ce sentiment était nouveau pour moi. J'étais toujours en vie, mais, d'une certaine manière, l'ours m'avait bel et bien vaincue.

Les grognements ont tourné autour de la cabane, puis se sont éloignés. J'ai essayé de me relever, mais mon corps s'est brusquement raidi. Une douleur d'une violence extrême venait de me traverser les côtes. Amaunalik et ma mère se sont précipitées sur moi.

— Aïninak, ça ne va pas ? Tu es blessée ? Ta parka est déchirée !

J'ai serré les dents. Cette douleur, pourtant très forte, restait insignifiante par rapport au reste. Je me sentais tellement humiliée, et réduite à rien… J'aurais pu me jeter dans les bras de ma mère et pleurer comme une enfant… Mais, dans un sursaut de fierté, j'ai explosé de colère.

– Tout cela est de ta faute ! ai-je hurlé. Avec toutes tes cachotteries et tes mystères, j'ai failli me faire tuer. Ton amulette n'a servi à rien !

D'un geste, j'ai arraché mon pendentif et l'ai jeté aux pieds de ma mère. Pâle comme la neige, elle a balbutié deux mots incompréhensibles.

– Depuis le début, tu m'as menti, ai-je repris. Tu te moques que j'aille ou non chasser ! Ta seule peur, c'est que je devienne aussi courageuse que celui qui portait autrefois mon nom.

J'ai vu alors ma mère regarder la sculpture tombée à ses pieds et s'effondrer en pleurs.

– Me permets-tu de parler à ta place ? lui a demandé Amaunalik.

Ma mère a juste hoché la tête. Amaunalik s'est approchée de moi :

– Tu viens d'échapper à la mort, Aïninak. Ta blessure te fait certainement souffrir et je comprends que tu sois en colère. Mais pourquoi t'en prends-tu à ta mère ? Elle t'a offert ce pendentif en te cachant sa vraie nature, c'est vrai. Mais c'était par amour, pour te protéger sans te troubler avec de vieilles histoires et des croyances d'un autre temps.

Je bouillais intérieurement. Seul mon respect pour la grand-mère de Masauna m'a empêchée de répondre en hurlant.

— Elle m'a menti, ai-je hoqueté. C'est à cause d'elle que je n'ai pas accompagné les chasseurs !

— Et qu'aurions-nous fait avec cet ours fou qui rôde si tu n'avais pas été là ?

Les paroles d'Amaunalik étaient justes. Je me suis un peu calmée.

— Pourquoi ne m'avoir rien dit pour l'amulette ?

— Je suppose que c'est Masauna qui t'a parlé de cela. Mon petit-fils t'aime beaucoup, Aïninak. Mais que t'a-t-il appris exactement ?

— Qu'Aïninak avait été le nom d'un chasseur au grand courage, qui, armé d'un simple couteau, avait tué un ours pour sauver son épouse et ses enfants.

Amaunalik a souri avec douceur :

— Je m'en doutais ! Masauna t'aime trop pour t'avoir raconté toute l'histoire. L'Aïninak dont tu parles a en effet tué un ours et sauvé sa famille, mais il en est mort !

— Mort ? ai-je répété, stupéfaite.

Ce dernier mot prononcé par Amaunalik s'est mis à résonner dans ma tête comme si j'avais été en proie à un délire. J'ai brusquement senti le reste de ma

colère me quitter, laissant la place à un vide terrifiant.
Tout devenait clair. L'embarras de ma mère, ses omis-
sions, son refus, et la douleur que j'avais éprouvée
lors de mon rêve dans l'igloo. Aïninak était mort, tué
par un ours. Par son nom, j'avais hérité de son caractère ; je risquais d'hériter également de sa mort. Mon
père avait refusé de prêter attention à ces histoires,
ma mère n'avait agi que pour me protéger.

— Je ne suis donc pas libre de mon destin ? ai-je
demandé.

Amaunalik m'a de nouveau souri. Son visage buriné
par les années et le froid est devenu rayonnant :

— La force de ton ennemi peut devenir ta force.
Pour cela, il doit d'abord cesser d'être ton ennemi.

Je me suis mise à grelotter, de froid, de trop d'émotions. J'ai essayé de me relever. La douleur dans mes
côtes m'a paralysée. Il a fallu qu'Amaunalik m'aide
à ôter mes bottes et à m'étendre sur le lit.

Ma mère a essuyé ses larmes et, en silence, a sorti
sa boîte à pharmacie. Je me suis laissé soigner sans
rien dire. Les mains de ma mère tremblaient lorsqu'elle a enlevé ma parka pour examiner ma blessure.

— Tu as eu beaucoup de chance. L'épaisseur de ta
parka t'a miraculeusement protégée des griffes.

Nos regards se sont croisés. Je ne lui en voulais plus.

— Mais, a-t-elle ajouté en me prenant doucement la main, tu as un énorme hématome. Je vais y mettre de la pommade, mais si tu as des côtes cassées, ça n'empêchera pas les fractures de te faire souffrir.

Ma mère n'avait pas menti. Au fur et à mesure que je sortais de mon état de choc, et que l'hématome gonflait, la douleur se faisait plus vive. À chaque inspiration trop profonde, j'avais l'impression de recevoir un coup de fouet. Ces violents élancements s'accompagnaient de flashes, où je revoyais des images de mon face-à-face avec l'ours. À chaque fois aussi, je repensais au fusil de Masauna resté là-bas, dans la neige, par ma faute.

Soudain, au-dehors, l'ours a de nouveau grogné en frappant de la patte l'une des cloisons de la cabane. J'ai sursauté et me suis mise à trembler. La peur des vaincus était en moi, totale, absolue. Ce n'était plus qu'une question de temps : nous allions mourir.

Chapitre 6 : Le courage et la mort

Autour de notre cabane, tout était redevenu silencieux. Sans cette peur, cette frayeur qui me collait au ventre, et mes élancements au côté, j'aurais pu croire que rien n'était arrivé. Cet ours, pourtant, était toujours dans les parages. Je devinais sa présence, et je l'imaginais sentant la mienne, celle d'Aïninak, le tueur d'ours. Ce n'était pas de la viande que cet ours était venu chercher, mais bien sa revanche. Un premier duel avait eu lieu, l'ours avait gagné. Il avait anéanti ma force et atteint jusqu'à ma volonté de vivre.

Un peu avant que vienne la nuit, Amaunalik s'est approchée de moi.

— Sens-tu, Aïninak, m'a-t-elle dit à voix douce, comme il est dur de renaître ?

Elle a déposé près de moi l'amulette que j'avais arrachée de mon cou et s'est mise à murmurer une mélopée ancienne. Sa voix calme, comme usée par le vent, m'a aussitôt rappelé le sourd craquement de la banquise lors de la tempête. Peu à peu, j'ai eu l'impression que ses paroles, au lieu de glisser sur moi, me pénétraient comme l'aurait fait une huile étalée sur la peau. La chanson d'Amaunalik racontait l'histoire d'un chasseur parti à la recherche de son courage. Seul sur la banquise, gagné par la faim et le froid, suivant à pied depuis des jours et des jours la trace d'un ours, il s'adressait à lui : « Donne-moi ton courage et permets-moi de te vaincre. Alors, nous deviendrons amis, et jusqu'à ma mort tu vivras en moi. »

Arrivée à ce passage, Amaunalik s'est arrêtée.

– Cette chanson a deux fins, a-t-elle expliqué. Soit l'ours refuse, et le chasseur meurt de peur et de froid. Soit il accepte, et l'homme et lui deviennent un. Laquelle veux-tu entendre ?

J'étais incapable de réfléchir. Je n'ai rien répondu.

– Cesse de refuser ta peur, a soufflé Amaunalik. Deviens son amie. Retrouve ta force, Aïninak ! Sauve-nous !

Disant cela, elle a glissé sa main le long de son cou et, tirant sur une lanière de cuir, a fait apparaître un pendentif. Il représentait une créature étrange, moitié homme, moitié ours.

– Mon grand-père m'a confié ce collier quand j'avais dix ans, a-t-elle poursuivi, les yeux remplis de lointains souvenirs. Il disait qu'il l'avait reçu de Qitdlarssuap, un chaman venu du Canada à pied en longeant la côte pour nous porter secours après la grande faim[1]. C'est lui qui réapprit nos légendes aux rares survivants et leur remontra comment construire des kayaks et des igloos.

Amaunalik s'est tue un instant, pensive, avant de reprendre :

– J'ai porté cette amulette toute ma vie. Nos ancêtres prétendaient connaître les formules pour se métamorphoser en différents animaux. Je crois plutôt qu'ils s'appropriaient simplement leurs qualités. Sais-tu que celle de l'ours n'est pas la force, mais le courage ?

Disant cela, elle a ôté le pendentif et l'a posé à côté du mien :

– Il est pour toi. Je n'en ai plus besoin. À mon âge, la mort aussi fait partie de la vie.

Émue, submergée d'émotions trop fortes, emprisonnée dans ma peur et ma douleur, je me suis enfouie

---

1. Personnage authentique ; averti par une vision, il mit deux ans à faire cet incroyable voyage, emmenant avec lui une partie des siens.

sous les couvertures pour ne pas pleurer. J'aurais voulu pouvoir partir, fuir hors de mon corps. J'étais certaine que l'ours nous attaquerait durant la nuit. J'ai pensé à Masauna et, priant pour qu'il revienne, je me suis finalement endormie.

Le lendemain matin, nous étions toujours vivantes. L'ours n'avait pas profité de la nuit pour forcer l'entrée de la cabane.

— Peut-être est-il mort de sa blessure, a dit ma mère.

— Non, ai-je répondu. Il est toujours là. Je le sens.

— Et toi, Amaunalik ? a fait ma mère. Quel est ton avis ?

— Nous ne pourrons rester indéfiniment sans sortir. Nous n'avons ni eau, ni combustible, ni viande.

— Je vais sortir, a décidé ma mère. Je resterai moins d'une minute dehors, juste le temps de ramasser un peu de neige et de remplir un jerrican de pétrole.

— N'y va pas, Maman ! ai-je dit, le souffle court. Nous n'avons rien pour nous défendre.

— C'est moi qui vais y aller, a tranché Amaunalik. Je suis vieille. La mort ne me fait pas peur.

Ni moi ni ma mère n'avons osé la contredire. Il fallait que quelqu'un sorte. La grand-mère de Masauna s'est habillée, elle a pris un seau pour y mettre de la neige, ma mère a débloqué la porte pour la laisser sortir.

Nous avons tendu l'oreille. Dehors, il n'y avait aucun vent. Nous avons distinctement entendu Amaunalik laisser tomber plusieurs blocs de neige dans le seau. Puis il y a eu les tintements sourds des jerricans de pétrole et enfin les bruits de son retour dans le sas d'entrée. Soulagée, ma mère a rouvert la porte.

– Aucun ours en vue, a dit Amaunalik, toute courbée dans l'étroit couloir, poussant devant elle le seau de neige et un jerrican.

À peine avait-elle fini sa phrase qu'un effroyable grondement a fait trembler la cabane. L'ours s'est engouffré dans le sas !

– Ferme ! a ordonné Amaunalik en jetant vers nous le jerrican de pétrole.

Ma mère n'a pas obéi. De son bras valide, elle a empoigné le capuchon de la vieille femme et l'a tirée de toutes ses forces vers l'intérieur. Amaunalik a hurlé de douleur. Une patte énorme venait de lui entourer la taille, et cinq griffes lui perçaient le ventre. Ma mère, obligée de lâcher prise, a claqué la porte. La bête déchaînée a aussitôt fait voler les planches en éclats.

Paralysée par l'effroi et par mes douleurs aux côtes, j'ai vu le gigantesque animal émerger lentement de la porte brisée. Sa patte avant gauche et sa gueule étaient rougies du sang d'Amaunalik. Maman s'est précipitée vers le lit et a rabattu d'un coup sur moi toutes les couvertures.

— Sous la banquette ! Roule sous la banquette ! a-t-elle crié.

Comme je n'arrivais pas à bouger, elle a commencé à me pousser. L'ours l'a balayée d'un coup de patte. J'ai entendu le bruit sourd de son corps cognant contre l'un des murs. Puis, à travers les couvertures qui me recouvraient, je l'ai entendue hurler.

C'était horrible. J'imaginais l'ours, gueule ouverte, avançant vers ma mère tombée à terre, qui n'avait que son plâtre pour se protéger. Je me suis bouché les oreilles et j'ai fermé les yeux.

C'est alors que j'ai vu l'image d'Amaunalik flotter devant moi. Je n'ai pas compris. J'ai fait un geste pour la toucher. Ma main est tombée sur deux objets lisses et froids : les amulettes. Au même instant, j'ai entendu ma mère hurler encore plus fort et, brusquement, quelque chose a pris possession de moi.

J'ai ouvert les yeux, enfilé les deux pendentifs et je me suis dégagée des couvertures. Ma mère, réfugiée derrière le poêle, était toujours vivante et luttait avec l'énergie du désespoir. J'ai serré les poings et les dents, j'ai crié pour me donner du courage et je me suis redressée. Une déchirure atroce m'a broyé les côtes. Cela ne m'a pas arrêtée. Ma peur et ma douleur devaient devenir ma force. Il me fallait une arme. Je devais me battre.

J'ai empoigné le harpon à narval rangé sous la banquette et j'ai crié :

– Ho ! L'ours ! C'est moi, Aïninak !

L'animal a tourné la tête ; je l'ai défié du regard. Ses lèvres noires tachées de sang m'ont paru soudain sourire.

– Sauve-toi, Aïninak ! a ordonné ma mère.

Comme s'il avait voulu la faire taire, l'ours a brutalement saisi son plâtre dans ses mâchoires et l'a secouée jusqu'à l'assommer. Il l'a alors lâchée et, lentement, a commencé à pivoter sur lui-même pour me faire face.

J'aurais pu profiter de tout ce temps où la bête me tournait en partie le dos pour lui enfoncer mon harpon dans les côtes. Mais je n'avais droit qu'à un coup, un seul et, sous cet angle, ma courte pointe de métal me laissait peu de chances de le terrasser. Je n'étais cependant pas sûre qu'une autre occasion de frapper se présenterait. Malgré ce risque, j'ai choisi d'attendre.

Les secondes se sont écoulées une à une, lourdes,

interminables. Mon cœur cognait avec une telle rapi-
dité que je sentais mes doigts fourmiller. L'animal
finissait à présent de se tasser sur lui-même. Parfaitement immobile, je patientais toujours. D'un instant
à l'autre, pourtant, il allait lancer sa patte vers moi
pour me déchiqueter. Soudain, il a entrouvert la
gueule…

J'ai senti mes muscles se contracter à l'extrême
et, de toutes mes forces, j'ai poussé mon arme en
avant. J'ai vu la pointe de mon harpon s'avancer dans
sa bouche, je l'ai sentie se piquer dans sa chair, lui
traverser les os du palais et pénétrer à l'intérieur de
son crâne.

Un bref instant, l'ours et moi sommes restés figés.
Il a esquissé un mouvement de recul. J'ai tout lâché.
Allait-il d'un coup de griffes retirer cette épine d'acier
entrée en lui et me massacrer ? Il s'est raidi, puis, d'un
seul coup, comme une flamme qui s'éteint, s'est
écroulé à terre.

Longtemps, je suis restée debout à le regarder, sans
pouvoir, sans vouloir y croire. Autour de moi, tout
était démoli. Un vent glacial s'engouffrait dans la
cabane par la porte fracassée. Un corps ensanglanté
gisait dans le couloir d'entrée. Ma mère, toujours
inconsciente, semblait endormie.

Était-ce réellement fini? Blessée et armée d'un simple pic de métal, avais-je vraiment terrassé cette bête pesant dix fois mon poids? Où donc avais-je trouvé assez de force, de patience et de courage pour y parvenir?

En guise de réponse, la fin de la mélopée que m'avait chantée Amaunalik s'est mise à résonner dans ma tête. J'en entendais enfin les dernières paroles, celles, magiques, où l'ours accepte de donner son courage au chasseur. Je me suis agenouillée. D'un mouvement sec, j'ai retiré le harpon fiché dans sa gueule. Ses mâchoires se sont refermées. Un mince filet de sang a couru sur le plancher avant de geler. En me penchant, j'ai passé les doigts dans le pelage blanc et me suis entendue murmurer:

– Merci.

Je me suis relevée. Ma douleur aux côtes était toujours présente, mais comme oubliée ou, plus exactement, dépassée. Je me suis avancée vers ma mère. Son plâtre avait beaucoup souffert, mais elle semblait indemne. Je lui ai donné de petites tapes sur la joue.

– Maman? Maman?

Elle a ouvert des yeux effrayés et hagards:

– L'ours? Où est-il?

– Il est mort.

– Et Amaunalik ?

– Morte, déchiquetée.

Après un silence, elle a dit :

– Tu m'as sauvé la vie.

– Non, ai-je répondu. Nos vies, nous les devons à Amaunalik et à son courage. Elle s'est sacrifiée. Non seulement elle est sortie, mais en plus elle m'a donné son amulette. Sans elle, nous serions mortes toutes les trois.

Maman s'est redressée, m'a serrée dans ses bras et s'est mise à pleurer.

Chapitre 7 : Par-delà les mers gelées

Ma mère et moi venions de vivre une redoutable épreuve, mais nous ne pouvions nous accorder plus de temps pour nous lamenter. La cabane était ouverte à tous les vents. Nous n'étions pas habillées chaudement, et le froid se faisait de plus en plus mordant. Nous devions au plus vite rentrer le corps d'Amaunalik, réparer la porte et remettre en place le poêle à charbon mis à mal par l'ours. Il nous fallait également sortir sa carcasse de la cabane. La bête était si grosse que plusieurs hommes auraient été incapables de la soulever. Après avoir récupéré sa précieuse fourrure, nous avons donc décidé de le débiter en une quinzaine de morceaux. Nous devions faire vite, avant que sa chair ne gèle, sous peine d'être obligées de finir la découpe à la hache.

À la première entaille dans les muscles, ma mère a aperçu de petites vésicules blanchâtres.

– Regarde, m'a-t-elle dit. Amaunalik avait raison !

Ses muscles sont pleins d'œufs de vers parasites. Certains ont dû se loger dans le cerveau et le rendre fou.

— La balle dans sa patte arrière n'a rien dû arranger. Si je n'avais pas paniqué en allant chercher le fusil…

Ma mère a réfléchi un instant avant de dire :

— Tu n'es pas responsable de ce qui est arrivé. J'ai déjà entendu parler de ces ours malades, ils ne reculent devant rien. Si tu ne l'avais pas blessé avec le fusil, il aurait couru plus vite que toi et t'aurait massacrée.

Puis elle a changé de sujet :

— Il ne faut surtout pas que nous mangions de cette viande. Ni nous, ni les chiens. Ces maudits parasites nous contamineraient.

Le plus prudent aurait été de déposer tous les quartiers d'ours sur l'un des garde-manger du village, hors de portée des chiens. Mais à cause de ma blessure et du plâtre de ma mère, nous nous sommes contentées de les entasser à l'extérieur de la cabane. À leur retour, les chasseurs iraient les jeter dans la mer.

Au soir, à part quelques traces de sang sur le plancher de la cabane, tout était rentré dans l'ordre. Nous avons pu nous occuper d'Amaunalik. L'ours ne lui avait laissé aucune chance. À l'étroit dans le couloir, ne pouvant la déchirer à coups de griffes, il lui avait ouvert la gorge d'un coup de mâchoire.

Très émues, ma mère et moi, nous avons lavé ses blessures et lui avons enfilé ses plus beaux habits, puis nous avons tourné sa tête sur le côté, comme le faisaient nos ancêtres.

– Notre village ne perd pas seulement une âme, a dit ma mère. Amaunalik était la dernière ici à évoquer les histoires d'autrefois. Nous faisions tous mine de ne pas y croire, mais nous lui prêtions toujours une oreille attentive. D'une certaine façon, elle était notre mémoire à tous.

Ma mère a gardé le silence un long moment, comme pour ménager son souffle et sa force, avant d'ajouter :

– Quand tu es née et que nous avons choisi ton nom, Amaunalik est venue nous mettre en garde. Ton père et moi étions jeunes mariés. Il revenait d'un très long séjour au Danemark. Il s'est mis en colère et a refusé de l'écouter en la traitant de vieille folle. Par la suite, il n'a jamais voulu qu'on reparle de cet incident. Je sais que ton père a bien changé depuis. Il avait accepté que je t'offre l'amulette, et ce n'est pas par hasard qu'il a invité Amaunalik à venir sous notre toit. C'était une manière de s'excuser. Je suis sûre qu'il souhaitait qu'elle te parle et qu'elle te protège.

Il faisait nuit lorsque nous avons eu fini de coudre le corps gelé dans une grande fourrure. Ma mère y a pratiqué une petite entaille au niveau de la bouche, pour que l'âme puisse s'échapper, m'a-t-elle dit. À leur retour, Masauna et son père iraient enterrer Amaunalik auprès de son mari. Au bout d'un voyage d'un an, son âme atteindrait le paradis pour y retrouver les siens.

– Au prochain passage du pasteur, nous lui demanderons de bénir sa tombe, a ajouté ma mère. Amaunalik croyait aux anciens rituels, mais bien souvent aussi je l'ai vue prier.

Nous nous sommes enfin couchées. Le corps d'Amaunalik était posé sur le lit près de nous. J'avais l'impression de sentir partout la chaleur de sa présence. « La mort aussi fait partie de la vie », avait-elle dit. J'ai repensé à l'ours, à l'igloo où j'avais dormi avec Masauna et à ce merveilleux instant où je l'avais embrassé. J'ai souri et, apaisée, je me suis assoupie.

Trois mois plus tard, le ciel était d'une pureté infinie et la banquise resplendissait sous les premiers rayons du soleil d'été. Ma lutte avec l'ours et mes côtes cassées étaient déjà loin. Le souvenir d'Amaunalik, par contre, ne me quittait pas. D'un claquement de langue,

Masauna a fait arrêter les quinze chiens de son tout nouvel attelage.

– Nous arrivons trop tard, a-t-il dit.

Je suis descendue du traîneau pour contempler le paysage. Depuis notre première visite, la banquise avait bien changé. Partout apparaissaient des flaques d'eau claire ; par endroits, des taches plus sombres signalaient la présence de dangereux trous dans la glace. À trois cents mètres devant nous se dressait l'iceberg qui nous avait servi de refuge contre le fœhn.

– Plus loin, la glace est pourrie, a expliqué Masauna. Impossible de continuer. Dans quelques semaines tout au plus, notre iceberg recommencera à dériver et continuera son voyage.

– C'est dommage, ai-je murmuré. J'aurais tellement aimé retrouver notre igloo !

Masauna m'a regardée :

– Tu sais, il a sûrement fondu depuis longtemps. Et puis… Il n'y a plus d'ours, et je n'ai pas de harpon à narval.

J'ai souri :

– Donne-moi ton fusil.

Masauna a sorti l'arme de son étui et me l'a tendue. J'ai épaulé en visant l'iceberg, et j'ai tiré.

– Qu'est-ce qui te prend ? m'a demandé mon ami.

– Tu as le fusil et les cartouches de ton grand-père. Moi, j'ai l'amulette de ta grand-mère. Ils sont morts, mais toute notre vie nous emporterons avec nous cette petite part d'eux-mêmes. Je tenais à confier quelque chose d'eux à notre iceberg. Il est le lieu où tu m'as appris qui j'étais, et où j'ai compris que je t'aimais. Puisque nous ne pouvons plus l'approcher, ce quelque chose, ce sera la balle tirée par ton fusil. Ainsi, elle ira loin, par-delà les mers gelées. Tu imagines ! Plus loin qu'aucun traîneau d'Inussit ne pourra jamais aller !

Masauna m'a prise dans ses bras. Nous nous sommes frotté le nez. Je l'ai regardé au plus profond des yeux pour lui demander :

– Si nous, un jour, nous avons une fille, seras-tu d'accord pour l'appeler...

– Amaunalik ?

– Ne serait-ce pas merveilleux ?

J'ai vu le soleil d'été briller dans ses yeux :

– Ça l'est déjà !

– Tu as raison, ai-je répondu. Ça l'est déjà !

Masauna m'a tendu le fouet et s'est assis à ma place sur le traîneau. J'ai empoigné les mancherons.

– Oye ! Oye ! ai-je crié en faisant claquer le fouet.

Les chiens ont démarré. Je leur ai fait faire demi-tour. Un air presque chaud m'a caressé les joues. J'avais l'impression de rêver.

J'apercevais dans le lointain l'attelage de mon père, ceux d'Itukusuk et d'Avataq, qui nous attendaient. Très loin vers l'ouest, l'un d'eux avait repéré un troupeau de morses. En ces derniers jours d'été, la chasse promettait encore d'être bonne. La banquise s'offrait à moi. D'une main, à travers mes habits, j'ai pressé contre mon cœur les deux amulettes que je portais au cou, et j'ai éclaté d'un rire heureux. Je savais qui j'étais, et où se trouvait ma place. Cette fois, j'étais vraiment devenue... Aïninak !

FIN

Dans la même collection

Copie double
de Marie Desplechin

Samia la rebelle
de Paula Jacques

**Un tueur
à ma porte**
d'Irina Drozd

La peur de la ma vie
de Marie-Aude Murail

**Ce n'est pas
de ton âge !**
de Brigitte Smadja

Moi, le zoulou
de Marie-Aude Murail

**Le garçon
qui se taisait**
d'Irina Drozd

Maldonada
de Florence Reynaud

**Devenez populaire
en cinq leçons**
de Marie-Aude Murail

Le défi de Serge T.
de Marie-Aude Murail

Écoute-moi !
de Régine Detambel

Mon grand petit frère
de Brigitte Peskine

Coup de foudre
de Laurence Gillot

Un cadeau d'enfer
de Hubert Ben Kemoun

La fugitive
de Christian de Montella

Mauvais garçon
de Thomas Leclere

Ma vie d'artiste
de Marie Desplechin

Morgane
de Pascal Basset-Chercot

Akouti–les–Yeux–clairs
d'Alain Korkos

Le carnet disparu
de Marie-Agnès
Vermande–Lherm

Jalouse
de Régine Detambel

Urgence
de Christian Grenier

Imprimé en France par Hérissey à Évreux (Eure)
Dépôt légal : septembre 2003
N° d'édition 01 - N° d'impression : 95499